간절함은 어디까지 가봤니

너의 간절함은 어디까지 가봤니

너의 간절함은 어디까지 가봤니

너의 간절함은 어디까지 가봤니

너의 간절함은 어디까지 가봤니

시아시인선 **013**

너의 간절함은 어디까지 가봤니

조현곤 시집

초판인쇄일 | 2021년 10월 25일
초판발행일 | 2021년 10월 30일

지은이 | 조현곤
펴낸이 | 김명수
펴낸곳 | 도서출판 시아북(詩芽Book)

출판등록 | 2018년 3월 30일
주소 | 대전광역시 동구 선화로214번길 21(3F)
전화 | (042) 254-9966, 226-9966
팩스 | (042) 221-3545
E-mail | daegyo9966@hanmail.net

값 10,000원

ISBN 979-11-91108-18-7

너의 간절함은 어디까지 가봤니

조현곤 시집

시아북
詩芽BOOK

초록빛 무성한 날이
끝날 즈음
가을맞이하는 나무들이
스스럼없이
잎사귀를 내주듯
인류 최악의 전염병도
차차 수그러들겠지

너와 나
현실의 부딪침에서
속한 시일에 평정의
간절함을 원하건만
능선을 타고 오르내리듯
피할 수 없는 계절을 즐겨야 하는 것

그래도 바라 건데
비둘기 같은 주의 은총이
우리의 간절한 마음에
살포시 내려앉기를 기도하며…

2021. 10.

문방 正平齋에서 恩江 **조현곤**

제2부

거리 두기

제3부

사랑

제4부

기대

제5부
고백

에필로그 epilogue

제1부

꿈

한내 돌다리

강 건너 마을에 잔치가 벌어지면 이 길로 가 축하하고
강 건너 초상이 나면 이 길을 건너 문상을 다녀왔다
아이들 등교할 때는 헛발 디딜세라 조바심 부려야 했고
큰며느리는 시아버지 제사상을 차릴 때면 영락없이 이
다리를 건너 장을 봐야 했다
아주 오랠 적부터 강 건너마을과 마음을 이어주던 다리
수 세기를 건너와 오늘 이 다리를 밟으니
옛 그림자 걸음마다 소리 없이 따라와 길동무 하잔다

* 한내 돌다리
   보령시 대천천 하류에 놓여 있던 돌다리로 조선시대 보령현의 남북을
   연결하는 중요한 교통로 역할을 하였다. 유형문화재 제139호 지정.

새해, 흰 눈을 밟으며

새해를 알리는 종소리가
마음을 울립니다
흰눈 밟을 때마다 울리는
소리는 고요함을 찢습니다

한발자국씩 발을 옮길 때마다
흑암도 서서히 물러가니
마음을 찢습니다

지난해는 사랑이 얼어 서로
아파 마음까지 언 해였다면
새해에는 언 가슴이 녹아
은혜의 물 흐르게 하소서

소처럼 우직하게 내 본분 지켜
거짓과 위선이 물러가고
사랑과 평화가 흐르는 건강한
마음을 기경하게 하소서

흰 눈 밟는 소리에 한숨과
신음소리 물러가고 세상이
맑게 깨어나 배려로
밝은 빛 맞으며 진리에 우뚝
서게 하소서

사월의 마지막 날에

잊지 못할 사월이 어느새 저문다
엘리엇은 황무지의 첫 줄에서
사월은 잔인한 달이라 했던가

그의 예언이라고 말해야 하나

대한민국의 사월은 너무나 슬프고
힘든 계절이었다
1948년 4월 3일 '제주4.3사건'
1960년 4월 19일 '4.19의거(혁명)'
2014년 4월 16일 '세월호 침몰사고'
2019년 4월 30일 보령문학의 별
젊은 시인 조성인이 하늘의 별이 되었다

나의 장모는 2019년 4월 4일
하늘 문을 당당히 열고 들어가셨다

꽃피어 눈부신 계절
님아, 가혹하고 서늘한 현실을 빨리 잊고

오아시스와 푸른 초장에 둘려진
부활을 꿈꾸며 다시 일어서라

이후로, 아픔의 기억과 슬픔의 기억들이여!
이제는 잠잠 하라
잠잠 하라

* 엘리엇(T. S Eliot)

효자도와 맺은 연緣
- '문인들의 섬' 표지석 세운 날

하얀 괭이갈매기 소리들을 낳고
은빛 물결 사이로 마주하는 섬, 섬들
속삭이는 유혹 바다에 확 던져버리고
멀리 수평선을 바라본다

쾌속선의 시원한 질주로
아득한 섬을 눈앞에서 밟으니
한 소쿠리씩 잡은 해물들이 나란히
어부의 심정을 아는 듯 널려있다

효자도 이장과 주민들의
바다 것으로 정성들인 해물 밥상에
문인들마다 입맛 돋우며
행복에 젖어갈 무렵, 나는 미래를 본다

머나먼 꿈들이 현실이 되는
섬 바람 사람 향기로
4차원의 예술문화를 꽃피울
다가올 문인들의 쉼터 효자도

* 효자도 오원진 이장님과 김유제 회장님 수고하셨습니다(2019).

글래스캣피쉬

어느 아쿠아리움에서 너를 본 순간
징그럽다기보다는 속을 훤히 보여주는
용기에 감흥이 겹다

어느 누구든
자신의 속내를 보인다는 것은
굉장한 결단이 필요한 것

그럼에도불구하고 너는
뼈와 내장을 훤하게 보여주며
겉과 속이 다른 인생을 하필何必
진솔히도 가르치는구나

땅거미 질 무렵

풀 섶 개미들은 자기 집으로 들어가고
해그림자 설핏 넘어간다
아등바등 한나절
바람에 옷섶 스치듯 보내고 나면
저만치서 나른함이 스멀스멀 몰려온다

생그레한 국화향이 짙어갈 무렵
셀 수 없이 눈치 보던 시간들이
스스럼없이 자리를 내어 주고
좀 전까지 노을 낀 자리엔
금방 어둠이 내리기 시작한다

그대를 위한 노래가 잠시 뒤엔
얄브스레 멈춰지고 말 터인데
우리 시간을 못 박지 말고 풀어
마지막 더 늦기 전에
초연超然히 내일을 준비하자

마음 다지기

아무도 모르듯
보이지 않는 마음을
서릿발에 떠 있는 보리 싹들처럼
철부지들이 밟고 또 밟는 것을
그땐 몰랐다

성장통인지도 모르고
인상 찌푸리고 푸념을 늘어놓았다
그땐 정말 몰랐다

너는 나의 교만과 욕심 덩이를 밟고
사랑 없음을 밟아
흐물흐물 녹초가 될 때
미처 생각지 못했던 성장통으로
푸른 눈을 떠

그것이 결국엔
사랑과 생명이 돋아나는
둥지였다는 걸
이제야 알게 해주었다

타일 1

욕실의 조각 타일들이 각오가 대단하다

좌우상하 어깨동무하며 우리 손을 놓지 말자
비 오는 날이거나 달빛 고요히 스며드는 밤이나
햇살 내리쬐는 삶터에서도
네 것과 내 영역에 욕심부릴 것 없다
소리 곱지 않은 빛깔에 주눅 들거나
행여 자랑하지도 말자
무늬가 무슨 대수大事인가
그저 내 몫에 주어진 일에 손을 놓지 말자
마음을 놓지 말자
한 가지 더, 꿈을 그리자 반지레하게

타일 2

익숙한 것들과 이별하고
낯섦과 새로운 것에의 시작

훈련소에서 소리쳐 목봉을 들고
제식, 총검술, 사격, 유격, 행군 등
모든 훈련이 일사분란하게 움직인다

지금은 똑같은 제복을 입고
똑같은 생각을 해야만 한다
오伍와 열列이 맞지 않으면
될 때까지 얼차려만 있다

사私적인 말이 필요 없다
자신의 불알 볼 시간도 없고
애인과 고향은 사치다

한밤이나 한낮에도
나팔과 호각소리에
복종만이 숨겨 있다

네가 있어야 나도 있고
내가 있어야 너도 있다

오직 보습을 쳐 칼을 만들고
낫을 쳐 창을 만드는 곳

전우들이야말로
특별한 인연의 주인공들이다

다낭에서

감빛 도는 계절
노오란 은행잎이 하늘거릴 때
채비를 하여 훌쩍 떠났다

거리엔 부겐베리아*가 환영하고
미케비치 해변의 파도가
손짓하는 환상의 도시

이국으로부터 파도가 밀려오니
주렁주렁 야자수까지 춤추는 거리

어느덧 땅거미가 지며
이국의 별들도 아방가르드*처럼
하나 둘 바지춤으로 스며들고

허니문이 즐기는 알랑끄라타 호텔
스카이라운지에서 황홀한 야경을
감미로운 망고쥬스에 빠뜨리다

* 부겐베리아 : 다낭의 시화이며 다낭은 베트남의 10대 도시 중 세 번째 도시이다.

* 아방가르드(Avant-garde) : 프랑스어로 군대 중에서도 맨 앞에 서서 가는 '선발대'(Vanguard)를 일컫는 말.

  영어, 독일어, 프랑스어에서 예술, 문화, 혹은 정치에서 새로운 경향이나 운동을 선보인 작품이나 사람을 칭한다는 말로 흔히 쓰인다.

오월에 올라서니

마음을 베인 한 마리의 나비가
봄바람을 벗어 던지고
아느작거리는 꽃에 앉을 무렵
아련하게 앞서가는 계절의 등을 타고
올라 서 있네

먼지 쌓인 기억들과
얼룩진 추억들로 묶인
눈물 어린 계절을 지나
사랑의 가시 찔리며
연초록 숲을 등지어
세속의 허물들을 벗어 던지니
순결하게 다가오는 오롯함이여

이제 무거운 짐 죄다 벗어 놓고
목청껏 노래 부르리
편리의 달콤함과 찌꺼기들을 버려두고
후련히 노래 부르리

오묘한 계절 농익은 바람은
겨드랑이 사이로 들어와
속삭이듯 껴안으며
희망 고문에서 벗어나라 하네
그리고 삶의 결을 새로이 빚어
확 트인 오월의 바람처럼
새바람을 일으키라 하네
우렁우렁하게

출렁다리에서

이것이 내 반드시 건너야 할 강이런가
저 너머 풍경이 좋다마는
어지러움과 메스꺼움을 견디며
어찌 건널건가

지금까지 생을 두고
몇 번의 다리를 건너 왔던가
때로는 올랑촐랑하게
때로는 울렁출렁하게
흔들리는 통증들을 견디어 왔던가

지금도
보일 듯 보이지 않는 아스라한 저 끝
얼마나 더 울렁이며 가야만이
황홀한 지경地境이 보일런가

꿈

- 출구

부모를 떠나 독립해서 산다는 것이
어디 말처럼 쉬운 것이었더냐

모든 결정을 혼자 해야 하고
실패를 경험하거나 성공의 세리머니도
홀로 해야 하는 것

머리를 조아리는 일도 네가 하고
얼굴을 드는 일도 네 몫인 것이다

잘 나갈 때는 으스댈 수 있더라도
행사가 꼬일 때는 이내 주눅이 들고 말지

무엇 때문에 항상 쫓기는 생으로
근심을 묻어 조바심을 내며 살아야 할까

잠에서 깨지도 못하면서 얼룩진 꿈속을 헤매는가
사랑하는 자여, 잠에서 깨어라 너의 출구가 어디더냐

오로봉에 달 뜨다

푸른 바다 위로 밝은 하늘 비추니
은은하게 밀려오는 파도 소리에
백사장의 흰 모래는 얼굴을 씻는다

한낮을 달구던 태양의 미소는
하늬바람에 샤방샤방 이끌려
노을빛으로 서해를 흥건히 적시고

어스레한 땅거미가 점점 손을 뻗치니
초저녁 검은빛 소나무는 달빛을 품고
솔잎 하르르 풀어 내일을 잉태한다

* 오로봉: 원산도 산봉우리

제2부

거리 두기

원산도 풍경

묵은 때를 밀어내듯
코로나 바람을 피해
섬 땅을 밟으니 마음의
비늘이 벗겨진다
뜰아래솔바다 펜션*아래
아기자기한 백사장에서
보랏빛 향기 내는 여인이
바다 고동을 바람 가르듯
잡는다
해 질 무렵 노을은 그녀의
손끝 따라 번지는데
귓불까지 벌건 하다
감동까지 푸짐한 수라상을 받아
정담을 보쌈해
주거니 받거니 할 때
땅거미는 이미
노을을 잡아 먹었다

* 보령시 원산도 소재 펜션 이름

선인장 꽃

얼마 만이니

가시 돋친 세월
너와 함께하다
찔린 상처들

그래도 내사 우직하게
견디었더니
꽃을 보긴 보는구나

거리 두기

땅거미 질 무렵
부부가 산책을 나선다

가까이 혹은 멀리
달 따라 별 따라
밀당하는 인생길

더블캐스트처럼
부조화 속의 어울림

부부 거리 두기는
'주기'를 다하라는
천 겹의 사랑 밀어가 아닐까

* 더블캐스트(double cast) : 연극 등을 상연할 때 하나의 역役에 두 사람
  의 배우가 배정되어 교대로 출연하는 일

사프란

그대를 처음 만났을 때
더벅머리로 아주 촌스럽게 하고 나갔었어

수리바위 밑에서 비단보緋緞褓에 차린
도시락을 나누며 청춘의 꽃을 피웠었지

지금 이 순간
그때를 그리워하며 후회 없는 청춘을 보내자고
떨어지지 않는 말을 건네 본다

그대는 보랏빛 향기의 온화한 미소로
마음 설레게 하는 매력魅力의 사프란

* 사프란: 붓꽃과에 속하는 다년생 식물로 비늘줄기가 있다. 알뿌리 식
    물인 크로커스 종류이다. 향신료로 쓰임. '즐거움', '지나간
    행복', '후회 없는 청춘'의 꽃말이 있음.

서산 벚꽃

코로나19 바이러스가
전 영토에 휘돌고 나서부터
벚꽃들은 느리게 피고 진다
사랑하는 이를 기다리는 것일까
진정, 기다리던 사랑이 오지 않아서인지
꽃잎 떨어질까
꽃 향 푸른 냄새를 맡은
바람도 조심스럽다
이후 환희의 만남 그 절정에서
꽃잎 하느작거릴 때
봄은 이울고 바람은 간다

죽순竹筍

내 이름은 죽순입니다
사람들은 나를 통해
우후죽순이란 말을
만들어 품새를 넣기도 하지요

나는 비타민B1, 칼륨이 많아
원기회복을 주어
임금님 수라상에도 오르곤 했지요

피를 맑게 해주고
노폐물을 나오게 하고
두통, 기침, 불면증에도
좋다고 소문났지요

나의 선친들은 마디마디로
굳은 절개를 가르치고
시인들은 대숲의 바람 소리를 좋아해
세상 시름을 잊곤 합니다

장인匠人들은 공예품을 만들어
실속 있는 밥벌이를 하기도 했지요

아무튼 여러분
나를 많이 사랑해 주세요
몸에 좋으니까요
그러나 과용은 절대 안 되는 것 아시죠

곱창구이 앞에서

영화 속에서
깡패가 막말을 하더라
"내가 네 창자를 꺼내 먹겠다"

오늘 저녁 곱창구이 앞에 앉아 있다
노릇노릇한 구이를 싹둑싹둑 가위질한다
그걸 맛있다고 밤늦게까지
뗐다 붙였다 편리대로
남의 말을 가위질하면서

꼬락서니를 보니
깡패의 말보다
내가 더 험한 꼴을 하고 있더라

이명耳鳴

언제부턴가 내 옆에 찰싹 붙어
친구 아닌 친구처럼 오래도 버성겨 산다

내가 그리 바쁠 땐
잠시 자리를 비켜 주고
외롭고 슬플 땐
옆에서 위로라도 해주는 양
쉴 새 없이 매미 소리를 낸다

이제는 눈치도 빠른 것이
화라도 내지 싶으면
슬그머니 사라져
그림자마저 꼬리를 감춘다

묘원에 서서

하늘은 높고 푸르건만
생을 다한 주검들은
본향 그리워
사붓이 돌아갔다

살아 숨 쉴 때
어찌 살았건
지금은 화려한 뒷배경도
발짝거림도 사라졌다

생의 끈을 놓은 자들은
저 멀리 별이 되어
살아 있는 자들을 위한
변주곡으로 반짝인다

보다 살갑고
다부지게 살라고

더 이해하며 살라고
다보록한 사랑까지 덤으로

어떤 인연

봄바람이 내 볼살을 슬며시 만지고 갈 때
발등에 꽃잎 포르르 내려앉는다
해묵은 꽃이 아닌 아래께 갓 피어난 꽃이다
내게로 온 꽃잎을 발길질할 수도 없다
사뿐히 엎드려 꽃잎을 손안에 담는다
이렇게 이쁜 것이 일주일도 못 견디고
떨어지는 가엾음에 꽃잎과 마주한
가련한 눈빛이여
너와의 연緣이 요만큼인 것이 슬픈 것이다
차라리 시간이 고장이라도 났으면 좋으련만

수선화의 뜰

숨 틀어막는 미세먼지 북방에 걸리고
창문이 덜컹거리지 않는 눅은 명지 바람에
저 하늘 돌연突然 깨질 것 같이 화창한데
살랑살랑 노오란 빛깔 수선화 미소에
내 마음 기대고 싶은 이가 있으니
옹기종기 추억을 꿰매며
자분자분 다가오는 노오란 바람아

조개의 비련悲戀

칠흑처럼 캄캄한 곳이
더 편하고 좋았을까나
그는 말을 못 한다

사랑하였음에도
살아 있을 동안엔 한마디 말도 못 하고
그저 속살만 키운다
얼마나 내공을 키우고 싶은 걸까

숱한 사람들이 갈고리로 긁어대도
한마디 불평도 없이
꿋꿋하게 자리를 지키고 있다

울고 싶어도 소리 내지 못한다
답답하여도 가슴한번 치지 못한다
가끔씩 바닷가에 노니는 바람만이
외피를 보듬어 줄 뿐

살아 있을 때는 전혀 하지 못한 말
결국엔 죽어서나 입을 벌려
평생 다문 속을 다 보여주며 토해내누나
사랑한다고

독도

막내라고 깔보는지
욕은 다 먹는다

수 없이 매질을 당하면서
내공을 기른다

아버지를 위해서다

제3부

사랑

이팝나무 동경憧憬

한창 모내기 철에
어머니는 접 밥으로
꽁보리밥을 내놓으며
보릿고개를 넘으셨다

저 건넛마을
이씨네 모 떼울 때는
접밥으로
흰 눈과 같은 쌀밥이
푸짐하게 나왔다

어머니는 젖먹이 동생
젖몸살을 달래며
그 쌀밥을 게 눈 감추듯
싹 비우셨다

5월 이팝나무 꽃을 보고 있자니
어머니의 주름진 미소가
설핏 하늘 자락에 그려진다

나만 아는 사랑

눈만 뜨면 보이는 터럭이
늘 거슬렸다

아내의 머리카락, 딸들의 머리카락
안방 거실 주방 욕실 등 실내에 떨어진
머리카락은 내 비위를 건드렸다

얼마나 인내하며 쓸고 줍고 해야 하나
한번은 그런 나를 본 어머니가 말씀하셨다
"살아 있기 때문에 머리카락도 있능겨"

그 한마디에 나는 두 손을 들고 말았다
그렇구나!

어느 날 욕실 세면대에 있는
머리카락을 치우려는데 하트모양이다

그렇지, 식솔들이 있기에
사랑도 인내하며 배워가는 것인가 보다

춤추는 풍선

키다리 풍선 인형이 개업집 앞에서
넘어질 듯 넘어지지 않는
고도의 테크닉으로 길손을 유혹하네
스텝 없는 처절한 몸부림은
남들의 매운 눈 씨에도 아랑곳없이
겸연쩍게 체위를 변경하며
길손들에게 눈요깃거리 묘기를 부린다
'옳지, 충성할 거라면 저 정도는 돼야지'
늦은 오후에는 다리가 풀려
기진맥진 바닥에 거의 주저앉아
헛바람 타는 인형, 나는 알았네
그 인형이 곧 아버지의 인생이라는 것을

능소화 1

한 여름 햇살 머금고 있는 자태가 그렇듯

촉촉하게 비를 맞아도 항상 변함없고

생을 다해 뭉텅 떨어지는 꽃잎은 지조가 있어

그 우아한 이름답게 사랑하는 법도 도톰하구나

능소화 2

너의 이름 마냥
마지막 열기를 토하는
그 정열
묻히고 싶다

장항선

새벽 첫차를 타기 위해서
외할머니는 꼭두새벽부터 일어나시어
아들 며느리에게 줄 봇짐을 챙기고 또 챙기신다
걸음걸음마다 양손 가득 쥔 짐 보따리를 챙겨
걷고 걸어 기어이 첫차를 타신다

완행열차로 장항에서 서울까지 장장
일곱 시간을 가는데 글자도 모르시는 분이
이야기꽃을 피우며 가는 여행길
간이역마다 오르내리는 사람들이 교체되는데도
평소 잘 알고 지내는 사람처럼
어색함 없이 친근하게 말 물꼬를 트면 끝이 없으시다
한참을 정거하는 천안역에서는
가락국수를 사서 손주에게 건네주기도 하셨다

그렇게 물 흐르듯이 말을 주고받듯이
지금도 장항선은 인정을 나르고, 사랑을 나르고
추억을 나르는 우편 집배원 같은 교역선交易線이다

호박

담장에 스스로 목을 매듯
달려있는 네가 아찔하다

삶이 익어간다는 것은
고통을 인내하는 것일까

스스로 노력해도 간당간당
허공에 떠 있는 삶이여

향비선 香飛扇

삼복더위 폭염 속
너, 향비선아!

더위뿐만 아니라
뼛속 깊은 곳

마음의 통증까지
시원하게 해다오

꽃길 위에서

봄비 내리는 꽃길을 걷는다
살포시 내려앉은 송이들이
꽃 무더기를 이룬다

잔인한 발자국은
인정 없어 보이지만
귓가에 속삭이듯
꽃바람은 볼을 스치며
꽃잎을 모은다

빗물에 씻겨 내리는
가련한 저 송이 꽃

한세상 피고 지는 것이
어디 꽃만 뿐이랴

제비꽃

돌 틈 사이 여린 순은
찬바람을 이겨내고
어엿하게 자리하니
향기 낸다 보랏빛에

아이들아 이리 오렴
너무나도 가녀리니
꺾어질까 조심하렴
앙증스런 낯빛 보라

옷을 갈아 입고서는
제자리를 지키면서
소신 있게 살아가는
비취이는 청순가련

왕래하는 이들이여
함부로들 걷지 마라
땅이라도 흔들리면
멍들을라 얼굴색이

봄 소리

적막한 5월의 밤공기를 찢으며
울어대는 개구리 소리에
잠깐씩 조는 별들도 정신을 차리는 듯
반짝반짝 어린아이 눈동자 같다

한낮에 끊임없이 양식을 채취하던
꿀벌들의 날갯짓은
노동자들이 하루 품을 팔고
제집으로 돌아가듯 온데간데없다

잉잉대던 꿀벌들의 소리와
밤 맞이하는 개구리들의 소리가
낮엔 낮대로 밤엔 밤 대로
쟁쟁錚錚하게 귓가에서 맴돈다

수건의 일생

나를 쳐다본 순간
그녀는 감격하였다
왜 이리 잘 생겼노
왜 이리 곱노

나를 만나고 나서는
너무나 사랑스럽다고
아무것도 시키지 않았다
먼지 톡톡 털면서

그녀는 독방에 나를 가둬 놓고
가끔 쳐다보며 미소 짓는다

드디어 세상 밖으로 나오던 날

뜨거운 물로 목욕을 시킨 후에
오징어처럼 말렸다가
나를 덥석 껴안고 얼굴을 비벼댄다
생각할 겨를도 없이 무방비로 당했다

그 짓을 여러 번 하다 보니
상처가 나고 찢겨지기 시작했다
그 아픔도 잠시 참고 있을 적에
다시 촉촉이 물을 적신 후에
내 몸을 비틀어 댄다
진짜 죽는 줄 알았다

그리고 나서는 바닥에 놓고
실컷 발로 밟았다
최후의 나는 쓸쓸히
만신창이로 팽개질 당했다

미투(Me Too)

벗나무 아래에서

어머니
군산 월명공원에 벗꽃이 흐드러지게 피었습니다
유년시절 어느 봄날 어린 동생들과 나를 일찍 깨워
꽃구경 가자 하셨을 때 너무나 설레였습니다
벤또엔 사랑 김밥 나란히 줄을 서고
생애 처음으로 나들이하며
생애 처음으로 배를 타고
생애 처음으로 사진이란 걸 찍어 봤습니다
지금, 사진 속 희미한 옛 추억 흐르는 미소엔
벗꽃마저 슬픔을 머금고 있네요
바람 잘 날 없는 세월 버티며
구석진 마음에선 어머니를 늘 부르고 있어요
살랑바람에 살포시 떨어지는 꽃잎이 어머니를 닮았네요
이생의 마지막 순간 아들을 눈에 담고 싶어
그 나라 가실 때 급히 불렀지만
차마 제 모습 보지 못한 채
사랑한단 말도 못 하고
한 방울의 눈물로 가름했었죠
나는 지금

어느 벚꽃 무성한 그늘 아래에서

먼 하늘 바라보며

구름 너머 모정을 그리워합니다

그립습니다, 어머니

제4부

기대

한가위 아침에

멀리 닭들의 홰치는 소리에
어둠이 소리 없이 물러가니
새 아침이 열린다

방심의 세월은 수 없는 고초들을 엮어
마스크를 쓰고도 안심이 되지 않는
오늘을 마주하고 있다

마음만은 가족 친지들과 함께하는
이슬 머금은 고향 흙내음 그리운
소통이 되는 명절이고 싶다

아, 삶의 회오리들이 잠잠하여 왕래와
평화가 회복되는 그날이 오기를
내 님께 빌고 또 빈다

불카분낭

열한 살 소녀가 본 낭은
온갖 진물 흉터 고스란히 보이며
모진 생명 부지하고 있다

한 마을에서 수백 명이 죽어 가고
삼촌의 삶의 터전이 불타는
그 현장을 똑똑히 보았다

아픔을 한 눈으로 죄다 보면서도
후세들이 알아줄 때까지
함부로 생을 놓을 수 없었던 끈질김

낭이여!
발끝에서 다시 돋은 독한 생명력으로
쓰리고 아픈 그 날의 진실이
죄다 치유될 때까지
살아 있으라, 열한 살 소녀와 함께

* 제주시 조천읍 선흘리 마을이 제주 4.3사건 때 주민 500여명이 죽고 마을이 불타면서 이 팽나무까지 불에 탔다. 죽은 줄만 알았는데 팽나무의 한쪽에서 새싹이 돋아나기 시작하고 또 다른 나무의 씨가 둥지를 틀어 싹을 틔워 지금은 한 나무처럼 동고동락하고 있다. 제주도에서는 이웃들을 삼촌이라 부른다. 불카분낭은 '불에 탄 나무'로서 제주 방언이다.

기대

이른 아침부터
비둘기는 구우대고

들녘의 아낙들은
옹기종기 모여
봄을 심는다

믿음을 심고
소망을 심고
나아가 사랑을 심고

때가 되매 씨앗들은
순들이 올라
생장점 터져

계절의 순리에
생의 신비를 보여 줄테니

아, 소출의 보람이어라
벌써부터 마음 부푸네

향나무

당신의 용모에는 기품이 흐릅니다
길 가다가 당신을 만나면
마음이 훈훈해져 우러러 봅니다

살아가면서 자칫
날카로운 사랑에 마음이라도 베일 때면
우리네 삶이 얼마나 향내 날까 알게 합니다

오늘도 거칠은 생채기의 삶에서
마음 다치고 베일 때면
향내음 얼마나 풍길까 일깨워 줍니다

그래서 나는
당신의 그 고아高雅한 기품氣品이
더 멋스럽습니다

빨래건조대

다 받아 준다
아무리 무거운 짐이라도

더 이상 견디기 어려운 순간까지
그 어떤 것도 받아 준다

뼈가 부러지거나 사그라질지라도
내 마음 뽀송뽀송할 때까지

그렇게 받아 주니
너는 속도 깊구나

괜찮을려구요

난 아무렇지도 않은데
누군가 친한 듯이 다가와
떠보는 건가, 눈치를 보는건가
그래도 난 괜찮을려구요

문자 메시지 보내 인사를 했는데도
반응이 없다고 섭섭해하지 마라
그렇지 않은 사람도 있으니
난 괜찮을려구요

우리보다 위층에 사는 이가
발을 쿵쿵대며 걸음질 해
부아가 치밀어도
난 괜찮을려구요

자기편 아니라고
무시하거나 터부시하거나
눈총을 준다 해도
난 괜찮을려구요

'카더라'하고 헛소문을 내는 이가
내 주변에 많다 해도 진정성을 믿으니
가슴 풀어 넉넉하게
난 괜찮을려구요

이팝꽃을 보며

쌀밥이 그리울 때는
무조건 활짝 핀 이팝꽃을 바라본다

스무고개도 넘는 보릿고개를 넘고서도
이팝꽃을 볼라치면 가슴이 뛴다

설렘이 달아오른다

잠시 몽환 속에 빠져
나를 잊어버린다

수저론

금수저로 태어난 사람들은

자식까지 그 혜택을 누리건만

흙수저로 낙인된 이들은

상처와 박탈감에 가슴만 치누나

풀꽃 시계

끝없이 펼쳐진 유년의 초원에 누우니
댕기머리 소녀의 순수한 뜀박질에
아무 미련 없이 심쿵한 소년의 마음

아련한 동심을 업고 달음질치며
두둥실 초원의 꿈이 마냥 익어간다
소꿉으로 시작된 아롱진 풀꽃 사랑

상록수 바라보며 서로의 마음 달래주고
그 아래서 하나둘 풀꽃으로 정성 엮어
그녀의 손목에 아로 매어주는 초동이여

해를 낚다

정동진 새벽 검푸른 바다

동동 떠 있는 그림자는
초개들을 태우기 위해
붉은 덩이 잉걸불로
두둥실 솟아오른다

때마침
지나가던 한 척의 고깃배가
매혹 덩이를
멋지게 끌어 올린다

낚였구나, 기어이!

봄

SNS*를 따라 명지 바람 불 듯
인스타그램*이 한창일 때
마음 쉼터에 소로록 사랑 줄이 내린다

벌잇줄 가느다래
허공에 거미줄치고 사는 것처럼
덜미 잡힌 운명 앞에
가뜩이나 해맑은 까치 소리

마중물처럼 절박함이 끝닿은 봄은
가슴에 불 당기며 설핏 다가온다

아, 가시덤불 사이 뿌려진 햇살을
산까치 날갯짓에 기쁜 소식 줍듯이
바야흐로 환희의 실마리가 옴죽 싹터온다

* SNS: 소셜 네트워크 서비스

* 인스타그램 : 즉석이라는 instant와 전보를 보낸다는 뜻의 Telegram 을 합친 말로써 온라인 사진 및 비디오 공유 어플리케이션이다. 사 진과 비디오를 페이스북, 트위터, 플리커(Flickr)등과 같은 소셜네트 워크 플랫폼으로 공유할 수 있기 때문에 소셜 네트워크 서비스로 보기도 한다.

별똥별

여름밤 하늘이 맑은 날은
별들도 더욱 총총하지

늦여름 밤하늘엔
들려줄 소식이 즐비한가

누가 먼저 전해 줄거나
간절한 마음으로 기다릴 때

순간, 빛깔 찬 옥수玉水로 떨어지는
저 은하수 몇 방울

내 소식 안고 떨어지는가
누가 먼저 안겨 줄거나

오류誤謬

– 이건 아니지

산 정상에서 야호하고 외치면

반드시 메아리는 돌아온다

이른 아침부터 문자(SNS)로 인사를 해도

그러거나 말거나 대꾸도 없는

그동안 잘못 살아온 대가代價인가

바람개비

바람 앞에서
자신의 할 바를 다하고 있는
바람개비는
쉴 새 없이 돌고 돈다

그러나
사람들은 바람 앞에서
멈칫 서고 만다

두려워 눈물을 보이든지
아니면
마음껏 웃든지

한결같이 도는 바람개비여
너의 내력과 비밀을 가르쳐다오

제5부

고백

아침 고요 정원에서

아침 고요 정원 깊은 뜨락에
늘빛 좋은 사람들이 모였다
너와 나 천 년 향과 오래 두고 볼
추억을 카메라에 담고
징검다리 하나 둘 건너다보면
어느새 세상 걸림돌과 시름들은 사라지니
소담스럽게 가꿔놓은 정원수와 분재들이
가을빛에 물든다

믿음의 벗들이여
세상의 시끄러움과 고된 삶의
사슬들을 풀어헤치고
고요한 자작나무 숲길을 걸어 보자
정한재靜閑齋의 기둥에 기대어 눈 감고
아득하게 들려오는 풍경 소리를 들어보자
그리고 다시 이곳에서
자연을 다스리시는 주님을
경외로 찬미하자

* 늘빛 : 목회자 모임

달리다굼

주님!
하늘에서 강철 비가 내린다 해도
견뎌내겠습니다
채마밭이 쑥밭이 된다 해도
일구고 또 일구듯이

어인일로 병상에 누웠어도
히스기야가 간절히 기도하여
생명 연장 받았듯이
이 생명 주께 맡기오니
소생케 하옵소서

나로하여금
주의 뜻 이루게 하소서

내 맘 아무도 몰라줘도
욥과 같은 지조로 살겠습니다

오늘 밤 별똥별들이 떨어진다 해도
아무런 상관없이 주님 바라봅니다
한낮의 싱그러운 햇살 마중하러
일어나겠습니다

주님!
나로하여금
주의 뜻 이루게 하소서

<동기목사 사모님이 교통사고로 중환자실에 있을 때>

* 달리다굼 : 일어나라(소녀야 일어나라)

로뎀나무 그늘에서

그대여!
해미 로뎀에 가면
영혼 푸르른 그늘이 있나니

하늘 높아 푸르러
뒤웅박처럼 포근한

이곳, 영성의 향기 짙푸른
로뎀으로 오라

그대여!
허황한 세상 물결에
허우적거리지 말고

진리의 반석에서 샘물 나
목마르지 않는
평강의 쉼터로 오라

* 로뎀은 서산시 해미면 산수리에 소재한 수양관이다.

바이러스 코로나 19

길이 없는데
온다는 소리도 없이
아무에게나 온다

며칠간은 온 지도 모른다
그러나 쓰나미의 힘이 있다

그래서 사람들은
더 두려워한다

이럴 땐
마음을 잡되
주님 품에 안길 수밖에

땅에서 하늘처럼

연둣빛 바람에
벚꽃이 꽃비 되어 내리는 날
마음까지 적셔질 듯하여
발밤발밤 거리로 나선다

황금 길을 걷는 것도 아니고
보석 길을 걷는 것은 더욱이 아닌데
삶의 멍울들이 어느덧
진통으로 피어나는 꽃잎처럼
화사하게 끌리는 진리의 길에 서 있다

설익은 아픔을 견뎌내고
숨 멎을듯한 수수愁愁로움을
하늘 밀어의 향기로 풀어내어
꿈에 그린 시온을 소망하며

오늘, 한갓 흙을 둥지 삼고
오색 푸르름을 끌어 올리는 나무가 되어
축복의 선율이 흐르는 이 땅에서

하늘처럼 산다면야

내 넉넉하니 얼마나 좋으랴

엘림의 아침

물속에 빠져 허우적거리는 나를
생명줄로 건져주시고 연단의 마당에서
온갖 풍상風霜의 고통을 헤치며 나아와
십자가 그늘 아래서 쉬라 하시네

레바논의 잘생긴 백향목처럼
쭉쭉 뻗은 소나무의 기상氣像이
나로하여금 의연함을 배우게 하시고
작은 씨앗들은 어느새
빛고운 동산을 이루며 꿈을 키우라 하시네

시끄러운 세상의 소리들을
주의 영靈으로 차단하고
하늘 소망으로 무릎 꿇게 하시니
공기까지도 싱그러움과 거룩으로 이끄시는 곳

지난밤 어둠은 소리 없이 물러가니
찬란한 빛 사이로 들려오는 주의 음성이
"담대하라 내가 세상을 이기었노라"하시니

미래와 희망이 벅찬 감동으로 다가오는

싱그러운 축복의 새 아침을 맞이하네

* 엘림(Elim) : 성경 출애굽기 15:27, 민수기 33:9에 기록된 지명으로
  서산시 운산면 고풍리 소재 기도원

돌계단

이 길이 희망으로 가는 계단
이 길이 행복으로 가는 계단이라면
비록 울퉁불퉁하고 고르지 못한
좁은 계단이라도
나, 감사하며 오르리

저 하늘 끝닿은 곳에서
두 손 높이 들고
힘껏 외칠 때면
떡갈나무 잎들도 박수를 치겠지

그때까지 숨 몰아쉬며
참고 또 참고 오르자
구름 지나
하늘 닿을 때까지

고백

때를 따라 적절하게 봄비가 내리니
맨드라미 금잔화 과꽃 봉숭아의
모종을 꽃삽으로 떠올려
더 안전하고 보기 좋은 곳에 옮겨 심는다

주님은 코로나19 사태가 전국으로
퍼지기 3개월 전에 꽃삽으로 꽃을 옮기듯
에덴과 같은 엘림 동산에
나와 식솔들을 안전하게 옮겨 주셨다

일용할 양식과 기거할 수 있는 처소를
예비하시고 치열한 삶의 현장에서도
내려놓음과 버림을 일깨우신다
오, 감사하여라 찬양하여라

잡초를 뽑으며

촉촉이 비가 내리고 나면
하루가 다르게 자라는 잡초
오늘도 햇볕 등에 지고 풀을 뽑는다

마음속의 오만가지 잡념과
부정否定을 함께 뽑는다

오래 묵은
원망 불평 시기 질투의 뿌리
미움 다툼 게으름 분노의 뿌리는
쉽게 뽑혀지지 않는다 근심도…
그러나 힘껏 잡아당기니 시원하게 뽑힌다

후미진 곳에서 자라는
편견과 선입견도 함께 뽑는다
자만심 망설임 두려움까지도
다시 자라날지라도
한바탕 잡초를 제거하고 나면
마음까지 후련하다

오후의 해그림자 길게 다가오니
마음의 빗장까지 풀어 평화가 스며든다

전반기 실체성을 마치고

깊어가는 가을 언저리에
맑은 이슬처럼
깨끗한 이미저리로
시작된 실체성은
스스로에게 채찍을 가하는
선생님 같은 지도력이 숨어 있습니다

스타님들의 아우름 속의 끄는 매력은
닦아놓은 길을 따라가는
미래의 지도자들에겐 그저 아름다운
새벽 별입니다

현실과 상황이 나에게
걸맞지 않아도 좋으리
그대로 따라가면 빛나는 보석을
매만지며 뛸 듯이 기뻐하는
미래와 희망이 있기에

오늘 다리 중앙에 서 있어 아득히 뒤를 봅니다.
갈 수 없는 길인 줄 알았는데,
혼자서는 할 수 없다고 주저주저했는데,
벌써 다리 중앙에
서 있습니다

스타님들의 따스한 토닥임의 언어의
조탁彫琢에 남은 여정도 힘을 내어
발걸음 당당히 미래를 향해
내딛습니다

권서인勸書人으로서 오직 하나님의
통치하심을 인정하고 그분의
이름을 높이기 위하여 걷고 또 걷습니다.

* 실체성 : 「어? 성경이 읽어지네」 전문강사 스쿨의 "실제 체험 성경
       방"의 준말
* 스타 : "스스로 타인을 섬기는 사람들"의 준말

랜선 넘어 열방으로

코로나 19 팬데믹 현상이
아직도 안개 속에서 극성을 피워
민중이 지쳐갈 즈음에, 복음의 기사도를 자청한
믿음의 사람들이 '말씀이 일하십니다' 기치로
책상 앞에 모여 열방으로 나아갈 꿈을 키웁니다

세월의 흔적에 무뎌진 식견과 감성을 깨워
생장점이 터지게 하는 자양분을 공급 받습니다
말씀으로 깨우칠 때마다 잠자던 영성이 일어나
엘리야가 다시 올 것을 예견하고
"너는 나다"의 아버지 사랑을 뼛속 깊이
아로새기며 다윗을 모델 왕 삼아
열방이 주께 돌아오는 날까지
에스라가 되어 권서인으로 사명 감당하리

"예수 믿는 일은 공부하는 일"이라고 *애실 쌤의
폭포수와 같은 음성이 가슴을 적십니다
십자가 보혈의 사랑으로 겸손과 순종을 몸으로 보이신
왕 되신 주를 찬양하며 디아스포라의 삶을 살기로

다짐하고 또 다짐하여 발걸음 내딛습니다

주님! 소망합니다
마음이 열리게 하소서!
눈이 열리게 하소서!
귀가 열리게 하소서!
나아가 입술이 열리게 하소서!
성령의 이끄심 따라 세상 끝날까지
하나님이 필요로 하는 권서인勸書人이 되기를…

* 애실 쌤: 「어? 성경이 읽어지네」 대표

새해, 새날을 마중하며

연이틀 송구영신 문자로 인하여
스마트폰이 마비될 지경인데
새해 첫날에 소복소복 쌓이는 눈 위로
문자들이 내려앉는다

송구영신 예배에서 갈렙처럼
긍정의 사람이 되길 바라며
내게 주어진 소망 길을 빗장 풀어 나선다

지나간 시간들이 나를
슬프고 아프게 했다손치더라도
하릴없이 미련두지 않으리

눈이 내리는 까닭은 미움과 원망
아픔과 아쉬움도 덮고 가라는 내님의
포근한 손길이 아닐까

새해, 새날을 버선발로 마중하며
구원과 소망의 선물꾸러미를 들고 계시는
내 님을 마주하며 벅찬 가슴으로 눈물 흘린다

너의 간절함은 어디까지 가봤니

너는 살면서 아찔한 벼랑 끝에 몇 번이나 서봤니
비명도 없이 멍든 가슴들, 그 벼랑 끝 간절한 마음
펄펄 나는 새들처럼 자유롭게 날고픈 간절함 말이야

오랜 병상에서 내 사랑이 빨리 일어나기를 기도하고
잃어버린 아이를 찾아 나선 어미의 떨리는 낯빛
청년들이 취업하여 부모에게 효도하고픈 마음
강물에 빠진이가 살려달라고 애원하는 소리, 소리
신궁神弓이라 할지라도 과녁에 명중하길 원함은 마찬
가지일 터

그래서 너의 간절함은 어디까지 가봤니

거리의 노숙자가 때깔 나게 성공하고픈 마음과
내 집 마련을 위한 민초들의 간절한 몸부림
심한 가뭄과 홍수 중에 애타는 농심의 그 눈빛
개척교회 목사가 한 영혼과 부흥을 위한 부르짖음
비대면 시대에 영세사업자들의 눈물겨운 소리가 들리
느냐

진정, 너의 간절함은 어디까지 가봤니

가슴앓이 하는 슬픔의 몸짓과 애끓는 눈빛을 보았니
이제 엎드리자, 어둠의 늪에 빠진 이들을 위해 간절한
맘으로
다시 무릎 꿇자
그리고 간절히 두 손 모으라, 하늘 향해

은강의 시詩세계를 말하다

조현곤

<에필로그epilogue>

은강의 시詩세계를 말하다

조 현 곤

1. 시낭송으로 문학을 열다

한 마리의 새가 날 수 있다는 것은 그만큼 살아가는 연습을 많이 한 것이고, 고난을 겪으면서도 주저앉지 않고 이겨내어 성장하였기 때문이리라.

고향이 아닌 낯선 곳에서 새로운 삶을 시작하는 것이, 미래에 대한 두려움이고, 현실에서 나타나는 굴곡들을 평탄하게 하는 일들로써, 어쩌면 터득攄得의 지혜에서 나오는 것이라고 늘 생각하며 살아왔다.

결혼 후, 숱한 세월을 보령에서 미술학원과 어린이집을 운영하면서 동심童心과 함께 만족하며 살려고 했다. 그러나 현실에서의 매어진 삶을 살고 있다는 것이 너무나 답답하게 느껴졌다. 그래서 보령시립합창단에 입단하여 합창 활동도 해보고 사회단체에도 들어가 활동을 해봤지만 식상함과 구태의연함이 보여, 실망한 나머지 그만 둘 수밖에 없었다. 특히 목회를 하다 잠시 놓고 있는 상황이어서 허虛한 부분들이 더 보였는지도 모른다.

이때 문학을 만나는 동기가 있었다. 먼저 시낭송에 관심 있는 몇몇 분들이 시낭송모임(별비시랑 보령낭송인회)을 창립하여, 한 달에 두 번씩 모이며 낭송연습을 하게 되었다. 새로운 세계를 경험하던 동료들은 열심이었다. 시낭송 대회에도 참가하고 관내 행사에도 적극 참여하여 이 작은 고을에도 시낭송단체가 있음을 많은 사람들에게 주지시켜주는 계기가 되었다.

재미난 일화 하나를 공개 한다. 한 번은 문화예술회관에서 큰 예술행사가 있었다. 필자는 낭송을 하는 과정에 있었는데 청중석에는 우리 가족과 아는 지인들이 앉아 관람 중이었다. 마침 그 분들의 뒷좌석에 앉은 분이 낭송하는 모습에 감동을 받았는지 "저 분하고 사는 사람은 얼마나 좋을까?"라고 했단다. 그런데 그 소리를 들은 평소 가깝게 지내는 지인이 "한 번 살아 보시죠?"라고 했다는 소리에 그만 배꼽을 잡고 웃은 일이 있다. 이상과 현실에서의 로멘틱한 삶은 판이하게 다를 수 있음을 알게 하는 대목이다. 아무튼 낭송을 하기 시작하면서 행사에 자주 불려다니고 시낭송대회에도 도전하며 내공內攻을 기른 추억들이 성장하는 기회가 된 것은 분명하다.

2. 등단과 첫 시집

이 계기로 자연스럽게 글도 쓰기 시작하게 되었고 결

국에는 『서울문학』지誌로 등단登壇까지 하게 되었다. 당시 심사위원 이었던 정공채, 원동은 시인은 "조현곤님은 '해마다 거기 서 있었네' (동구밖 억새), '오후의 에덴', '백일홍·2'와 같은 청신한 이미지의 종교적 사상도 알맞게 젖어든 시작품으로 한국시단에 얼굴을 내미는데 역시 시의 작풍이 빛나도록 선연한 서정으로 맑게 꽃피고 있다. 특히 시 '백일홍 2'에서 보여주고 있는 시의 마지막 행의 '…이'와 같은 종결사 – 곧 어미의 신선함도 특색이 빼어날 뿐 아니라, 전반적으로 저 파스칼의 생각하는 갈대와 같은 명상적인 시사상詩想的 주지의 아름다움도 매우 인상적이다."라고 평評을 해 주었다. 너무나 과분한 평이었다. 딴에는 과도過度한 일을 벌려 놨나 해서 뻘쭉하기도 했으나 이를 통해 계속해서 글을 쓰게 된 동기가 된 것은 부인否認할 수 없는 사실이다.

　필자筆者는 16세에 교회에서 세례를 받고난 후 온 세상이 새롭게 보이기 시작했다. 하나님의 은혜를 알고부터 기뻐서 어쩔 줄 몰랐던 것이다. 그리고 두 번째 세상이 새롭게 보이게 된 사건이 바로 시를 만나고서 부터였다. 어느 날 시가 내게로 왔는데, 그렇게 설레고 가슴이 콩닥콩닥하여 가만히 있을 수 없게 된 것이다. 세상의 모든 사물과 형상이 그렇게 아름다울 수 없었다. 또한 필자는 유행가를 모르고 살았는데 유행가 가사가 다 시란 것을 알게 된 것이다. 기쁨이고 환희였다. 그래서 펜을 들어 끼적이고 찢고 끼적이고 찢고를 수없이 하게 된 것이다.

문제는 그 다음부터였다. 창작의 작품을 많이 내는 것보다 더 중요한 것은 문학적 이론의 바탕이 되지 않고서는 안 되겠다는 경각심이 생긴 것이다. 그래서 방송통신대 국어국문학과에 원서를 들이밀고 문학적 바탕 수업을 받게 되었다. 그런데 2년이면 될 것 같았던 교육과정이, 밥벌이를 해야 하는 현실이 있다 보니, 10년의 세월을 훌쩍 보내게 되었다. 통신교육이 굉장히 어렵다는 것을 새삼 느끼게 된 것이다.

아무튼 이런 과정을 거치며 첫 번째 시집 『그리움의 시작』(2006, 도서출판 대한)을 간행하여 성대하게 출판기념회를 개최했다.

필자의 동생이 지금은 먼저 하늘나라에 갔지만, 당시 행사장에 와서 출판한 시집을 보고 "형, 가문의 영광이여"라고 하며 참 기뻐했었다.

첫 번째 시집의 '시인의 말' 중에서 "맑은 저수지를 낀 시밭에 가서 마음 놓고 실컷 울어도 보고, 미친 듯이 웃어대며 시를 사랑하는 호미자루 하나들고, 달각거리는 돌멩이를 골라 사각사각 고운 흙이 될 때까지 호미질을 해야만 했던 나날이 내게도 있었다."라고 고백한다.

당시 고은 시인은 '추천의 말' 중에서 "나로서는 '저 별은' '사랑의 여운' '고향 길' '비상을 꿈꾸는 새'들이 좋아졌고 '청산별곡' 4·4조의 가사 시는 아주 좋았습니다."라고 평을 했다. 그래서인지 세월이 흐를수록 요즘은 자꾸 '고향' '자연' '산' '흙' 등의 단어들에 정이 간다. 「청산별곡」

그 전문을 다시 수록해 본다.

올올고봉 노고단에　　정상에서 수줍게도
알음알음 짝을지어　　헌올한올 피어나는
등짐지고 한발짝씩　　물봉선화 원추리꽃
콧노래로 올라본다　　뽐냄없어 가엾어라

바람한점 없다해도　　청산에서 먼산보며
하늘차일 쳐놨으니　　호젓하게 서서있는
송이맺힌 땀방울은　　큰바위의 얼굴들은
솟는물로 씻어본다　　변화무쌍 사내답다

까마득한 하늘아래　　한치앞도 모르는생
올망졸망 화엄사는　　대자연을 친구삼아
독경소리 들리는듯　　잠시라도 머무르어
평온하고 정겨웁다　　이곳에서 살까보다

세상시름 간곳없고　　아름다운 노고단아
한수시로 배를채워　　맨몸뚱이 외로울때
오는구름 수레삼아　　다시오면 쌍팔벌려
잡아타고 구경할까　　고이고이 품어다오

- 「청산별곡」 전문

시작詩作을 용기 내어 처음 시도하는 사람에게는 원하는
수준에 이르지 않는다고 무조건 다그쳐서도 안 될 것이며,

칭찬만 계속해서도 실력이 쌓이지 않는다는 것은 너무나 잘 아는 상식이다. 명마名馬가 탄생하는 것은, 적절한 훈련과 말을 잘 길들이기 위한, 채찍과 당근을 적절히 사용하는 조련사를 잘 만나야 하는 것이다.

시를 배울 때 이 사람 저 사람 "끼어들기" 식으로 한마디씩 하는 간섭은 크게 도움이 되지 않았다. 좋은 멘토를 만났을 때, 작품다운 작품이 나오게 되는 것이다. 필자의 주변에도 그런 훌륭한 분들이 옆에서 지도해주심에 지금도 감사한 마음이다.

첫 시집 『그리움의 시작』은 고향과 그리움, 꿈과 현실에서의 부대낌, 낳으시고 기르신 부모에 대한 사랑과 감사를 시의 언어로 표현해보려고 노력했다.

3. 행복의 지경地境을 넓히다

제2시집 『행복의 영토』(2012, 대교)는 첫 시집을 출간한 후 6년 만에 상재上梓했다.

이 시집은 1부 '시간의 문,' 2부 '운명,' 3부 '가마솥 사랑,' 4부 '작은 불씨,' 5부 '시인의 섬,' 6부 '껍질깨기' 로 분류하여 소제목을 붙였다. 특히 6부 '껍질깨기'는 신앙적 관점의 시로서 자신을 돌아보고 깨닫는데 중점을 두었으며, 성경말씀을 토대로 한 시작품을 완성하려는 시도試圖에도 힘을 기울였다. 특이한 부분은 '시인의 말'을 두지 않고 '서시'로 대체한 부분이다. 그 전문을 수록해 본다.

서시

흔들리는 삶 속에서도
가슴에게 물어 터럭 끝 멀리
유배시킨 시를 불러
두레상 차려 맞이하리라

큰물은 작은 물을 끌어안고
작은 물은 큰물에 스미듯이
얼싸안고 볼 부비는 사랑아
이 얼마나 가슴 벅찬 일이더냐

담쟁이 덩굴손 내밀 듯
마음 결 깃들인 쓰라림과
가득 찬 기쁨의 강물이 섞여 흘러
값진 진주처럼 삶을 반짝이누나

- 「서시」 전문

　인간이면 누구나 삶이 행복하기를 원한다. 행복의 기준은
자신이 살아온 방식과 철학, 가치추구 내지는 성취하고자 하
는 욕구, 종교 등에 의해 다 다를 수밖에 없다. 시집 '후기'에
는 행복의 지경地境이 넓혀지기를 소망하며 이렇게 기록
하고 있다.

"영감靈感이 찾아 올 때마다, 밤낮 컴퓨터 앞에 앉아 몰입을 할 때가 그래도 행복했나 보다. 생각과 현상을 지면紙面에 다 표현한다는 것이 쉽지 않은 메타포의 한계에서, 몸부림을 해야 하는 개인의 부족함이 다소 있음을 밝히면서, 그래도 우리의 삶이 음악의 악상 표현과 같이 포르테와 피아노, 크레센도와 데크레센도가 적절히 융화融和하면서 마침표를 찍는다면, 더 없는 생동감이 있으리라."고….

제2시집은 '보령시 2012년 문화예술창작 지원금 및 보령문협 창작발간 기금'으로 출판되어 개인적으로는 뜻깊은 광영의 시집이 되었다.

4. 목사와 시인

우리네 인생은 나쁜 인연因緣이든 좋은 인연因緣이든, 원근관계遠近關係를 맺으며 산다. "지기"는 어떠한 사물을 지키는 사람이다. 그러므로 '인연지기'는 '인연을 아름답게 유지하며 지키는 사람'이란 뜻인 것이다. 제3시집의 『인연지기』(2018, 오늘의문학사)도 제2시집을 발간하고 6년이 되어 상재하게 된다. 말하자면 6년 터울이 되는 것이다.

필자는 목회자로서 사명을 감당하면서, 시를 통하여 신앙의 신비와 서정의 물결을 독자들과 나누려고 노력하는 시인목사이다. 그러나 시작詩作을 할 때, 지나친 편협으로 종교성이 있는 시만을 고집하여, 독자와의 거리감을 두어

소통 못하는 시인이 아닌, 신앙 시와 서정시를 함께 나눠 정서적 공유를 하려고 노력한다. 그래서 리헌석 문학평론 가는 "신앙의 신실함과 정서의 오롯함"이라고 했나 보다. 시작품 「고향집」을 수록해 소개한다.

솔 숲 오솔길 따라
안골로 가다보면
미루나무 서 있는
집 한 채가 있습니다

그 곳에 가면
비록
우렁이 등처럼 생긴
움막이지만

미주알고주알
살붙이들의 정이 흐릅니다

정성이 있고
사람향이 있습니다
나는 그 곳이 좋습니다

마냥 사랑스러워
하염없는 그리움이 내립니다

－「고향집」 전문

또한 위의 작품을 보고도 "시골에 고향을 둔 독자들은 이 작품을 통하여 아늑한 향수鄕愁에 젖게 마련이고, 시인과 동일한 정서적 공감대를 형성하게 될 것이다."라고 했다. 시 한편을 더 소개한다.

그분과 꽃길을 걷고 싶다면
가진 것을 내려놓아라

때때로 내 열정과 상관없이
벼랑 끝으로 몰리는 인생길이란
심한 가뭄 끝에 쩍쩍 입 벌리는
골다공의 고통을 안고서 오는 길

지금도 뒤돌아보면
여전히 작살을 들고
공격해 오는 이들이 있다.
무슨 수로 피할까

걱정을 삼켜버린 들꽃과 새들이
마냥 부러울 뿐이다

입안에서 절망의 독한 냄새가 피어나고
어깨는 하염없이 무너져 내릴 때
그분과 함께

생명의 길을 순탄히 걷고 싶다면

마땅히 짐을 내려놓아라

위에 소개한 두 작품과 같이 신앙과 서정의 정서를, 균형 있게 표현하려고 노력했다. 리헌석 문학평론가는 "조현곤 시인은 고도의 활유 등 비유법의 다양한 양상을 적합하게 표현하며 원용하는데 비상한 자질을 보인다. 주제와 제재의 특성을 유지하는 한편, 표현의 예술성 확보에도 집중하고 있다."고 했다.

아무튼 제3시집을 출간하면서, 시 작품성이 좀 더 성장했다는 문인들의 격려에 힘을 얻어, 분발해야겠다는 마음가짐도 새롭게 했었다. 감사하게도 제3시집은 "충청남도와 충남문화재단에서 후원"하여 간행함으로서 큰 보람으로 생각한다.

30여년을 보령에서 터를 잡고 살다가 서산으로 목회지를 옮겨 왔다. 그런데 이삿짐을 다 풀기 전에 코로나19 팬데믹 현상이 터짐으로, 우리나라뿐만 아니라 온 세계가 대혼란에 빠졌다. 국민이 활동에 제약制約을 받으니, 경제가 위축되어 비명悲鳴과 원성怨聲의 세월이 1년 10개월이다. 감사하게도 필자와 가족은 하나님의 은혜로 큰 어려움 없이 지내게 되었다. 그러던 중에 서산시인협회에 입회하게 되었고, 4번째 시집출간을 목전에 두었다. 오영미 회장님과 회원께 감사드린다.

5. 간절함이 현실이 되기까지

제4시집 『너의 간절함은 어디까지 가봤니』는, 우리가 살면서 고통스런 일을 만나거나 힘들 때, 빨리 정상적으로 삶의 기능이 회복되기를 간절한 마음으로 기도하는 것처럼, 시에서도 한 단어 한 문장을 간절한 맘으로 표현하고자 애를 썼다. 필자는 한 편의 시작품을 완성하기까지 고민을 많이 한다. 문장에 적절한 시어詩語와 단어를 찾아 삽입揷入하려고 며칠을 고민한 적도 있다. 문장에 걸 맞는 단어를 찾았을 때는 10년 묵은 체증滯症이 다 내려간 듯이 후련함을 느낄 때도 있다. 그렇다고 '은강恩江의 작품은 다 수준작이다.' 란 말은 결코 아니다.

제4시집 목록은 1부 '꿈', 2부 '거리두기', 3부 '사랑', 4부 '기대', 5부 '고백'으로 분류하여 실었다. 누가 그랬던가? "삶이란 어제를 추억하고 오늘을 사랑하며 내일을 희망한다."라고…. 공감하면서도 오늘을 사랑하면서 살기가 말처럼 쉽지 않다. 지금은 비대면 시대이다. 어쩌면 이런 일을 자주 만나게 될 수도 있겠다는 예지력豫知力은 나만의 공상空想일까? 어쨌든 각자의 소망하는 간절함은 다 다르겠지만 간절함이 선善한 현실이 될 때까지 포기하지 않고 인내하며 나아가야 할 것이다.

필자의 생애生涯 중 장래에 시인을 염두念頭에 두면서 살지 않았다. 그저 초등학교 시절엔 동시가 귓속에 쏙쏙 들어 왔고, 중·고등부 시절에는 국어 수업시간 중 시, 수필, 소설 등의 코너가 재미있었고, 학교에서 원고지에 글쓰기가 흥미로웠을 뿐이다. 우리 시골교회에 1년 후배인 목사님 딸이 있었다. 그녀의 방에 들어가면 읽을 책들이 방 한 면을 차지했었는데 그것이 부러웠을 뿐이었다. 세상에 기적이 있다. 필자가 살아온 것이 기적이고, 조무래기 같은 자가 네 번째 시집을 발간한다는 것이 기적이다.

사람에게는 각자의 정체성, 가치관, 인생관, 세계관이 다를 수밖에 없다. 필자는 목회자로서 앞으로도 좁은 길을 가며 목적이 이끄심에 순응하며 살아야 하는 참 자유인이다. 그 속에서 영靈과 육肉이 하늘의 별처럼 빛나기를 소망하는 것이다. 이즈음에 시를 만나고 문학을 만나고 문학인을 만난 것이 행운이다.

이제부터는 건강한 한 마리의 새로서 시를 품고, 두 날개 활짝 펴 창공을 날며 누려보리라.

푸른 하늘이 있는 한 행복합시다.

너의 간절함은 어디까지 가봤니

너의 간절함은 어디까지 가봤니

너의 간절함은 어디까지 가봤니

너의 간절함은 어디까지 가봤니